MISSION CACHALOT

Données de catalogage avant publication (Canada)

Cavezzali, Lucia

Mission Cachalot
(Caméléon)
Pour les jeunes de 9 à 11 ans.
ISBN 2-89428-842-5

I. Titre. II. Collection: Caméléon (Hurtubise HMH (Firme)).

PS8555.A87M57 2005   jC843'.6   C2005-941042-6
PS9555.A877M57 2005

Les Éditions Hurtubise HMH bénéficient du soutien financier des institutions
suivantes pour leurs activités d'édition:

– Conseil des Arts du Canada;
– Gouvernement du Canada par l'entremise du Programme d'aide
  au développement de l'industrie de l'édition (PADIÉ);
– Société de développement des entreprises culturelles du Québec
  (SODEC);
– Gouvernement du Québec par l'entremise du programme de
  crédit d'impôt pour l'édition de livres.

Éditrice jeunesse: **Nathalie Savaria**
Conception graphique: **Marc Roberge**
Illustration: **Nathalie Lapierre**
Mise en page: **Diane Lanteigne**

© Copyright 2005
Éditions Hurtubise HMH ltée
Téléphone: (514) 523-1523 — Télécopieur: (514) 523-9969
www.hurtubisehmh.com

ISBN 2-89428-842-5

Distribution en France
Librairie du Québec/D.N.M.
Téléphone: 01 43 54 49 02 — Télécopieur: 01 43 54 39 15
Courriel: liquebec@noos.fr

Dépôt légal/3ᵉ trimestre 2005
Bibliothèque nationale du Canada
Bibliothèque nationale du Québec

Imprimé au Canada

LUCIA CAVEZZALI

MISSION CACHALOT

HMH

CAMÉLÉON

Lucia Cavezzali est née au Québec, à Val-David dans les Laurentides.

Après des études collégiales en lettres françaises et en tourisme, elle s'est perfectionnée en illustrations et en graphisme à l'Académie des Arts de Montréal. Elle travaille comme agente de bord pour une compagnie aérienne depuis plusieurs années.

Passionnée par la lecture, l'écriture et le dessin, Lucia est aussi fascinée par l'imagination des enfants dont ses livres témoignent. Après *Le Mystère du Moulin*, *Opération Juliette* et *L'Énigme du sommet Noir*, voici *Mission Cachalot*, le dernier titre de la série mettant en vedette Marika et ses amis.

À ma belle Frédérike
et à mes trois pirates,
Nicolas, Hugo, Érik.

Isla del Sol

— Mesdames et messieurs, nous amorçons maintenant notre descente vers l'aéroport de Cancun. Veuillez retourner à votre place, attacher votre ceinture et redresser le dossier de votre siège ainsi que la tablette devant vous...

Après quatre heures assise, je sens vraiment le besoin de me dégourdir les jambes. Le directeur de vol termine son annonce dans le micro en nous souhaitant de bonnes vacances de la part de tout l'équipage. Les agents de bord circulent dans l'allée afin de s'assurer que tout le monde respecte les consignes de sécurité. Collée au hublot, Annie n'en finit plus de s'extasier :

— Regardez comme c'est beau !

Francis et moi nous émerveillons à notre tour devant la splendeur du paysage.

— Peux-tu croire, Marika, qu'on va bientôt atterrir au Mexique ? s'exclame Francis. C'est super !

Nous survolons une mer turquoise qui contraste avec le sable blanc des longues plages. Les habitations ainsi que les nombreux hôtels qui se dressent tout le long de la côte nous semblent minuscules.

— J'ai tellement hâte d'arriver ! s'écrie Annie, qui a du mal à contenir sa joie.

Ce sera Pâques dans quelques jours. Francis et moi accompagnons notre meilleure amie chez son père. Elle ne l'a pas vu depuis plusieurs mois. Les parents d'Annie se sont séparés il y a quatre ans. Philippe Martin est archéologue maritime et demeure actuellement au Mexique. Il devait revenir au Québec la semaine dernière, comme il le fait périodiquement, et avait promis à Annie de passer le long congé avec elle. Malheureusement, un imprévu a retardé son retour. Pour tenir sa promesse comme il se doit, il nous a invités tous les trois à venir passer deux semaines avec lui dans la région du Yucatan. Après quelques hésitations, nos parents ont fini par donner leur accord. C'est hyper excitant ! J'ai très hâte de découvrir de mes propres yeux ce que je n'ai vu qu'en photos jusqu'à maintenant. De plus, Annie nous a glissé une vague explication au sujet d'une épave très ancienne que son père et son équipe de chercheurs auraient trouvée récemment. Nous ne savons rien de plus pour l'instant. Par contre, les mots trésor, pirates et mystère se bousculent déjà dans ma tête.

Plusieurs passagers applaudissent au moment où les roues touchent le sol. L'avion roule de plus en plus lentement et s'immobilise près de l'aérogare. L'air chaud et humide nous surprend dès l'ouverture des portes.

— Il fait 30 degrés Celsius, mentionne le commandant en sortant de la cabine de pilotage. Je crois que vous pouvez enlever votre veste de laine, madame, fait-il gentiment remarquer à une passagère qui s'apprête à descendre l'escalier.

Quel contraste avec chez nous, où la neige commence à peine à fondre avec l'arrivée du printemps! Notre passage aux douanes est très rapide, car nous n'avons rien à déclarer. Pendant que Francis s'occupe de trouver un chariot, Annie et moi récupérons les bagages et nous dirigeons vers la sortie.

— Le voilà! s'écrie Annie en agitant la main vers les gens massés autour des portes pour accueillir les passagers de notre vol.

J'aperçois à mon tour un grand monsieur, en t-shirt, bermuda et souliers de voile, qui vient vers nous. À son sourire espiègle, nous reconnaissons tout de suite la ressemblance avec notre amie. Il agite devant lui une petite pancarte avec l'inscription «Bienvenue, ma puce». Un foulard bleu et blanc recouvre sa tête et retient ses cheveux châtains qui lui tombent sur les épaules.

— Wow! Il a toujours l'air aussi *cool*, ton père! remarque Francis.

— « Un éternel adolescent », te répondrait ma mère, mais moi, je l'adore! déclare Annie en s'élançant vers Philippe.

— Avez-vous fait bon voyage? nous demande ce dernier en embrassant sa fille et en nous faisant à chacun une chaleureuse accolade.

— Oui, mais nous étions impatients d'arriver, répond Francis.

— Allez, venez par ici, ma limousine nous attend, dit-il en faisant un sourire complice à Annie.

Dans le stationnement, je cherche des yeux une longue et rutilante voiture, mais Philippe nous guide plutôt vers un vieux tacot bleu pâle et rouille surnommé « Barracuda »...

Je sens que nous allons bien nous amuser ici.

Nous empruntons un chemin sinueux qui longe la côte. La mer est magnifique. La végétation est de toute beauté. D'immenses palmiers se dressent le long de la route et les grappes de fleurs multicolores qui pendent aux branches de certains arbres embaument l'air de doux parfums. En chemin, Annie est un vrai moulin à paroles.

— Reprends ton souffle entre tes phrases, ma puce, la taquine son père. Tu es ici pour deux semaines. Nous aurons amplement le temps de bavarder.

Nous arrivons bientôt à Punta Sam. Là, nous embarquons sur un traversier qui nous mènera jusqu'à Isla del Sol, ou l'île du Soleil. C'est à cet endroit qu'habite Philippe en ce moment.

— La traversée dure environ quarante-cinq minutes, nous avise le père d'Annie en descendant de la voiture. Je vais au casse-croûte chercher quelque chose à manger. Montez sur le pont nous réserver des chaises. Je vous y rejoins dans un instant.

Nous grimpons l'escalier métallique qui nous conduit jusqu'à l'avant du bateau. Appuyée à la rambarde, je ferme les yeux et me laisse enivrer par l'odeur de la mer ainsi que par la douce caresse du vent sur mon visage. L'espace d'un moment, je m'imagine sur le *Titanic*, comme dans le film, et j'ouvre lentement les bras. La voix moqueuse de Francis me ramène vite à la réalité.

— Hé ! Marika, il te manque juste Leonardo DiCaprio… et ne t'avise pas de sauter, parce que moi, je te laisse couler à pic.

— Très drôle, dis-je en lui tirant la langue.

Philippe, qui nous a rejoints, nous distribue des sandwichs et des jus. Nous le bombardons de questions, intrigués par les maigres explications fournies par Annie un peu plus tôt à bord de l'avion.

— Est-ce que nous irons en mer avec toi, papa ?

— Annie a parlé d'une épave et d'un pirate. Cherchez-vous un trésor ? poursuis-je.

— Habites-tu toujours sur le bateau ? demande Francis.

— Hé ! Une question à la fois, se défend Philippe en riant. Bien sûr que vous allez m'accompagner. Ma maison est à Cancun, mais actuellement, mes collègues et moi demeurons sur l'*Astérie*, notre bateau de recherche. Il est ancré à la marina d'Isla del Sol. Nous prendrons la mer après-demain pour plusieurs jours. Nous travaillons en ce moment sur un projet « top secret », continue-t-il en baissant le ton. Je vous donnerai plus de détails ce soir, car ici, je redoute les oreilles indiscrètes.

— Ce sont donc tes recherches qui t'ont empêché de venir au Québec, suggère Annie.

— Oui, en effet. De nouveaux développements ces dernières semaines ont prolongé quelque peu notre séjour ici, mais nous progressons bien et nous sommes près du but, je crois. Ne t'en fais pas, Annie, j'ai toujours l'intention de venir passer l'été au Québec. Venez, dit-il en se levant, retournons à la voiture. Nous approchons déjà de la côte.

Tout en écoutant les explications de Philippe, j'ai la sensation qu'on me regarde.

Subtilement, je feins de m'étirer en tournant la tête vers la droite. Un homme costaud aux cheveux grisonnants et à la barbe bien taillée s'apprête lui aussi à descendre du traversier. Même si ses verres fumés cachent ses yeux, je suis persuadée qu'il nous observait. Je le reconnais à sa chemise hawaïenne : il était assis juste devant nous dans l'avion. Il a même aidé Annie à descendre son gros sac du carrousel. « Pure coïncidence sans doute. Ce monsieur fait probablement le même trajet que nous », me dis-je en rejoignant les autres.

— Isla del Sol fait partie d'un archipel situé au nord de Cancun. C'est une île minuscule qui mesure à peine trois kilomètres de long sur un kilomètre de large, explique Philippe en conduisant. On en fait vite le tour, mais c'est un endroit magnifique pour la plongée sous-marine et, gros avantage, elle est encore très peu connue des touristes.

Nous contournons le modeste port, puis le père d'Annie gare Barracuda à côté d'une marina où sont amarrés yachts et voiliers qui se bercent au gré des vagues.

— Nous y sommes, annonce Philippe en arrêtant le moteur.

À bord de l'*Astérie*

Pour entrer dans la marina, il faut composer le code de la porte qui donne sur une longue passerelle en bois. Nous descendons cette dernière à la suite de Philippe, qui nous guide vers son bateau.

— Qu'est-ce qu'il y a là-dedans, Annie? Des roches? bougonne Francis qui, dans un élan de galanterie, a offert de porter son sac.

— Si elle est comme sa mère, taquine Philippe, la moitié du contenu de ce sac s'appelle des « au cas où... ».

— Je n'y suis pour rien, se défend Annie en riant. C'est maman qui m'a aidée à faire mes bagages.

Nous dépassons plusieurs embarcations, puis nous parvenons au bout d'un long quai.

— Voici l'*Astérie*, déclare Philippe en désignant un gros bateau noir et blanc. C'est un ancien chalutier que nous avons transformé. Nous l'avons équipé d'un laboratoire et d'instruments à la fine pointe de la technologie maritime. Vous êtes ici chez vous, les enfants, continue-t-il en nous invitant à monter à bord.

Une dame dans la trentaine, à l'allure sportive, nous attend appuyée au bastingage. Elle est jolie. Ses cheveux bruns remontés en chignon contrastent avec le bleu de ses yeux. Elle nous souhaite gentiment la bienvenue.

— Annie, je te présente Hélène. Je t'ai parlé d'elle, mentionne Philippe.

— Oui, répond mon amie avec un sourire figé. Bonjour.

— Hélène, voici Marika et Francis, les deux inséparables copains de ma fille.

— Je suis heureuse de vous rencontrer, affirme Hélène avec un accent français. Ton père avait très hâte de te voir, Annie. Il me parle beaucoup de toi. Hernan, viens ici un instant que je te présente, continue-t-elle en s'adressant à quelqu'un à l'intérieur.

Un garçon de notre âge, pas très grand mais costaud, s'avance, l'air boudeur. Il a les cheveux foncés, les yeux d'un bleu intense et le teint basané. De par sa physionomie, je conclus qu'il a des origines mexicaines.

— *¡Hola!* fait-il en espagnol.

— Voici mon fils, Hernan, dit Hélène. Il vous fera visiter les alentours. N'est-ce pas?

— D'accord, si ça peut te faire plaisir, répond-il en haussant les épaules.

— Venez d'abord voir votre cabine, propose Philippe en nous faisant signe de le suivre. Vous pourrez ensuite vous promener à votre guise. Vous ferez connaissance avec le reste de l'équipage à l'heure du souper. Comme nous reprenons la mer après-demain pour cinq jours, aujourd'hui, chacun vaque à ses occupations et c'est plutôt calme à bord.

« Tu pourrais faire un effort pour te montrer aimable », entendons-nous Hélène réprimander Hernan à voix basse pendant que nous nous éloignons sur le pont.

Je ne saisis pas la réplique du garçon. Nous descendons les quelques marches qui mènent à l'intérieur du bateau.

— Les cabines sont en bas, précise Philippe.

— Hernan ne semble pas apprécier notre visite, fais-je remarquer au père d'Annie.

— Oh, ne vous en faites pas pour lui, répond-il. Il est seulement un peu contrarié ces jours-ci. Son père, qui est Mexicain, devait le recevoir chez lui à Acapulco pour une semaine. Mais il a changé d'idée à la dernière minute. Hernan est déçu et il le fait payer à tout le monde avec sa mauvaise humeur. Ça lui passera.

Nous traversons une pièce dans laquelle quelques banquettes entourent une table rectangulaire. Un homme y est assis et interrompt sa lecture en nous apercevant.

— Voici la salle de séjour, dit Philippe, et Carlos, notre cuistot en chef. Il n'y a pas mieux que lui pour apprêter le poisson frais et les fruits de mer.

— *¡Buenos días, niños!* (Bonjour, les enfants!) lance ce dernier en nous tendant une main deux fois large comme la mienne. Avez-vous fait bon voyage? continue-t-il avec un fort accent espagnol.

— Oui, merci, répondons-nous en chœur.

Nous longeons ensuite un couloir sombre où se côtoient plusieurs portes basses.

— Voici votre cabine, indique Philippe en ouvrant l'une d'elles. La mienne est la dernière au bout, près de l'escalier.

Quatre lits étroits superposés, des tablettes et une armoire constituent tout le mobilier de la pièce. Un tout petit lavabo occupe le coin opposé à l'entrée. Un sac à dos et quelques vêtements éparpillés sur une des couchettes nous indiquent que la cabine est déjà habitée.

— Hernan dort ici, mentionne Philippe. Je suis persuadé que vous arriverez à l'amadouer, poursuit-il en voyant notre air embêté. Il y a peu d'espace sur un bateau où l'on vit confinés ensemble pendant plusieurs jours, mais on s'y fait. Ça va être une nouvelle expérience pour vous. Installez-vous et venez me rejoindre sur le pont, termine-t-il en passant une main affectueuse sur la tête de sa fille.

— D'accord, à tantôt, papa.

Nous nous empressons de choisir chacun un lit.

— Je trouve ça super excitant de vivre quelques jours sur un bateau, dis-je en défaisant mon sac.

— Moi aussi, enchaîne Francis. J'espère que je n'aurai pas le mal de mer, ajoute-t-il en jetant un regard par le hublot.

— Hélène semble gentille, observé-je en m'adressant à Annie.

— Oui, approuve-t-elle. Ça m'a fait un drôle d'effet de la voir pour la première fois, mais je crois que je vais bien m'entendre avec elle. J'ai longtemps espéré que mes parents reviennent ensemble, mais maintenant, je sais bien que ce n'est pas possible. Ils ont des caractères trop différents.

Pendant que nous enfilons maillots, shorts et sandales, Annie nous raconte que son père a rencontré Hélène lors d'une conférence sur la faune maritime en France, l'année dernière. Tous deux passionnés par la mer et la protection de son environnement, ils sont vite devenus d'inséparables amoureux.

— Hernan, par contre… commence Francis, vite interrompu par un coup de coude de ma part.

— Quoi, Hernan ? demande celui-ci en entrant dans la cabine.

Le garçon arbore un air frondeur, attendant une réponse. Des bruits de pas rapides, des cris et tout un brouhaha provenant de l'extérieur nous tirent de cette situation embarrassante.

— Allons voir ce qui se passe, dis-je.

En vitesse, nous nous dirigeons vers le pont principal de l'*Astérie*. Philippe,

Hélène et un grand gaillard aux cheveux décolorés par le soleil aident un homme en costume de plongée à se défaire de son équipement.

— Ça va aller, il respire, s'écrie Philippe avec soulagement. Nick, aide-moi à le soulever.

— Eh bien, mon vieux, tu nous as fait une de ces peurs, s'exclame Nick en ébouriffant les cheveux de Miguel.

— Oh! ma tête, se plaint ce dernier en reprenant peu à peu son souffle. Je ne comprends pas ce qui est arrivé.

— Je t'avais pourtant averti de ne pas plonger seul, Miguel, remarque Hélène. Ce n'est pas prudent. Une chance que Nick était là.

— Je savais qu'il allait faire des essais, raconte Nick. J'ai décidé d'aller le rejoindre et j'ai vu que son Zodiac était vide. J'ai plongé et je l'ai aperçu en difficulté. Je me suis empressé d'aller lui porter secours.

J'écoute les deux hommes relater les faits et la détective en moi sent sa curiosité piquée par cet incident. Le dénommé Miguel a-t-il simplement eu un problème technique ou a-t-il été agressé?

— Je testais le fonctionnement de notre nouveau détecteur, raconte le rescapé, quand j'ai aperçu une petite bouée orange qui flottait au milieu de nulle part. J'étais alors à environ trois kilomètres de la marina. Dès que je m'en suis approché, le sonar s'est déclenché. Intrigué, j'ai plongé et j'ai longé la chaîne de métal qui retenait la bouée. Deux caisses en bois étaient attachées à l'autre extrémité. J'allais en ouvrir une quand tout à coup j'ai manqué d'air, puis tout est devenu noir.

— Nous passerons par cet endroit après-demain, déclare Philippe. Il serait intéressant de savoir ce qu'il y a dans ces caisses, mais pour le moment, tu ferais bien d'aller t'étendre un peu.

Soudain conscient de notre présence, Philippe fait de brèves présentations, puis Miguel, encore faible, se dirige vers l'intérieur du bateau avec l'aide de Nick.

— Bon, assez d'émotions pour l'instant ! s'exclame Hélène en voyant nos mines ébranlées. Que diriez-vous d'une baignade avant le repas ?

— Très bonne idée, renchérit Philippe. Ça vous tente ?

— Bien sûr, répond Annie. J'ai hâte de me tremper dans l'eau salée.

— Hernan va vous emmener à une très belle plage à cinq minutes d'ici, affirme Hélène en faisant un large sourire à son fils, qui lui jette un regard noir.

Après une bonne demi-heure à jouer dans les vagues, je vais m'étendre sur le sable encore tout chaud afin de profiter des derniers rayons de soleil de la journée.

— Il m'énerve, celui-là, ronchonne Francis en se laissant tomber sur sa serviette à côté de moi.

Je comprends la raison de sa mauvaise humeur en entendant Annie rire aux éclats avec Hernan qui tente de lui montrer à rester debout sur une planche de surf.

— Tu ne serais pas un peu jaloux par hasard? dis-je pour taquiner mon ami.

— Jaloux! Moi! répond Francis, rouge comme une tomate. Pas du tout...

L'arrivée d'Hélène et de Philippe interrompt notre conversation. Nous retournons tous faire une dernière baignade avant de revenir au bateau pour le souper.

La légende du pirate

En notre honneur, Carlos a préparé un repas typiquement mexicain : tortillas, tacos au poulet et à l'avocat ainsi que des quesadillas fourrées au fromage. C'est épicé, mais délicieux.

À table, nous faisons connaissance avec les huit membres qui forment cet équipage plutôt cosmopolite. C'est amusant, car tout le monde parle français, mais avec des accents variés. Hélène fait les présentations. Elle précise la nationalité et la profession de chacun.

— Vous connaissez bien sûr notre capitaine québécois, Philippe. Nick, le grand blond américain à sa droite, est son assistant depuis plusieurs années. En plus d'être archéologue maritime lui aussi, il est biologiste. Ensuite, l'océanographe Miguel, le beau brun cubain qui s'est amusé à nous faire peur aujourd'hui. Je continue avec notre «Monsieur muscle» mexicain, Carlos, écologiste et cuisinier hors pair, puis, Loïc, le sympathique Breton, océanologue de métier.

— Et farceur attitré de l'*Astérie*, ajoute Carlos en riant.

— La jolie rousse, c'est Gillian, notre cadette à bord. Australienne et écologiste, elle est à côté de celui qui n'a d'yeux que pour elle, le charmant Mexicain Roberto, plongeur expérimenté dans les eaux de la région et de qui nous ne pourrions pas nous passer.

— Et la dernière, et non la moindre, enchaîne Loïc, Hélène, l'amoureuse du capitaine, Française et océanologue.

— Océanographe, océanologue, archéologue maritime, c'est mêlant tous ces noms de métier.

— Tiens, Marika, je te le prête. Ça t'aidera à mieux comprendre, dit aimablement

Gillian en me tendant un livre intitulé *Les passionnés de la mer*. Tu pourras y lire une description de chacune de nos spécialités, continue-t-elle.

— En fait, nous nous complétons et formons une super équipe, renchérit Philippe.

Pendant que nous terminons le repas, il nous explique avec enthousiasme le but de leur travail.

— Pour nos recherches des deux derniers mois, nous avons combiné science et archéologie autour d'une magnifique barrière de corail. Elle se situe à quelques kilomètres au nord d'Isla del Sol, précise-t-il en désignant du doigt l'emplacement sur une carte accrochée au mur. Comme en beaucoup d'autres endroits, le corail y est très touché par la pollution. En plus, ici, il se trouve exposé aux effets nocifs d'algues vertes qui envahissent le fond marin. Les espèces animales marines préfèrent se laisser mourir de faim plutôt que de manger ces algues, car elles sont toxiques. Étant donné qu'elles n'ont aucun prédateur, elles se répandent à une vitesse incroyable. En unissant nos connaissances, nous croyons avoir trouvé des solutions à ce fléau. Par ailleurs, nous sommes aussi dans une région où il y a eu beaucoup de naufrages autrefois. Nous profitons de l'occasion pour faire des fouilles archéologiques… et des trouvailles intéressantes.

— Qu'y a-t-il de secret dans tout ça ? demande Annie.

— C'est ce que nous pensons pouvoir trouver sous ces coraux, répond Gillian.

— En effet, enchaîne Miguel, au cours de nos recherches, nous avons découvert par pur hasard quelques objets très anciens. Nous sommes arrivés à la conclusion qu'ils pourraient appartenir au *Santa Clara*, le galion espagnol qui a coulé dans ces eaux en 1697. Grâce à notre sonar, nous avons réussi à localiser l'épave ou, du moins, ce qu'il en reste. Selon les historiens, quand ce navire a été arraisonné par le légendaire pirate Jean Lescarpe, il avait à son bord des trésors appartenant aux Mayas qui formaient une civilisation très évoluée. Elle est aujourd'hui disparue, mais elle a laissé ici, au Mexique, des pyramides et des temples extraordinaires. De plus, nous croyons que le *Santa Clara* transportait une immense fortune en or et en objets précieux. Imaginez quelle découverte formidable ce serait si nous les retrouvions.

— Nous avons appelé cette expédition «Mission Cachalot», du nom de notre précieux sous-marin miniature, précise Hélène.

— Vous comprenez que nous devons être très discrets, insiste Philippe, car si la nouvelle se répand, nous risquons d'avoir les médias à nos trousses et un tas de chasseurs d'épaves dans les pattes.

— Des chasseurs d'épaves? répète Francis, aussi surpris que moi. Qu'est-ce que c'est?

— Ce sont des gens qui explorent les fonds marins à la recherche de trésors et d'objets anciens. Ils les vendent ensuite à des musées ou à des gens riches qui désirent enrichir leur collection personnelle, explique Loïc. Quand on trouve une épave ancienne, continue-t-il, une partie du bateau et des objets à bord sont déjà désagrégés et défaits en poussière au fond de l'eau. Par contre, certaines pièces peuvent être encore en bon état, mais nous devons les manipuler avec soin. Par exemple, il faut les garder dans de l'eau salée un certain temps pour éviter l'oxydation et ensuite les traiter avec un produit spécial pour leur conservation. Malheureusement, des chasseurs trop avides ramassent tout ce qu'ils peuvent sans précautions et détruisent des vestiges qu'on ne pourra plus jamais retrouver.

— Qu'est-ce qui vous fait croire qu'il s'agit bien du *Santa Clara* ? dis-je.

— Certains objets que nous avons trouvés, répond Nick. Entre autres, de vieux écus portant l'effigie du roi d'Espagne ainsi que l'inscription 1649. Nous avons également récupéré de vieux ustensiles rouillés.

— Tout matelot d'un navire possédait sa propre cuillère à soupe sur laquelle ses initiales étaient gravées, poursuit Philippe. Ces lettres correspondent aux noms de certains membres d'équipage qui étaient à bord du *Santa Clara*, selon la liste trouvée dans les archives internationales des sociétés maritimes.

Les discussions vont bon train autour de la table. Chacun y va de son opinion au sujet des recherches.

— Hé, mais on oublie l'heure, constate soudain Philippe en regardant sa montre. Vous devez être fatigués, vous trois.

— Laisse-nous veiller encore un peu, papa, supplie Annie, et parle-nous du pirate Jean Lescarpe.

— Pourquoi pas, répond-il. Après tout, vous êtes en vacances. Mais le conteur d'histoires et de légendes ici, c'est Loïc.

Nous montons nous installer sur le pont principal. Même à cette heure tardive, l'air demeure chaud et humide. Sous le ciel étoilé, Loïc commence son récit, aidé d'un livre sur l'histoire de cette époque.

— Ce pirate a-t-il vraiment existé? demande Francis.

— Absolument, confirme Loïc. Jean de Lescars, fils unique du baron Claude de Lescars et de Jeannine Bourcival, est né dans le Pas-de-Calais, en France, le 18 juillet 1649. Beau jeune homme, riche et instruit, il était courtisé par toutes les familles de haut rang qui espéraient le voir marier leur fille. Malgré tout, Jean tomba amoureux d'une jeune servante à qui il offrit en gage d'amour un anneau d'or serti de pierres précieuses valant une fortune. Formellement opposé à son mariage, le père de Jean conclut une entente avec la famille de la belle: en échange d'une forte somme, la jeune fille s'engageait à disparaître après avoir rendu à Jean sa bague accompagnée d'une lettre lui demandant de ne plus l'importuner. Cherchant en vain à la retrouver, l'amoureux finit par apprendre la vérité. Fou de rage, il renia sa famille, changea son nom pour celui de Jean Lescarpe, s'acheta un magnifique trois-mâts qu'il baptisa le *Flibustier* et se mit à écumer la mer des Caraïbes comme beaucoup d'autres pirates au XVIIe siècle. On le surnommait « la Chouette », car il avait la réputation de fondre sur ses proies durant la nuit. La dernière et la plus célèbre prise de Lescarpe et de son équipage, continue Loïc, fut le *Santa Clara*, un majestueux galion espagnol transportant à son bord une cargaison d'or et d'objets précieux. Malheureusement, cette nuit-là, il y eut un terrible ouragan. Les deux navires se retrouvèrent malgré eux à la rencontre de la mer des Caraïbes et du golfe du Mexique, où les courants contraires forment d'énormes vagues et remous. Les vents violents cassèrent en deux le grand mât du *Santa Clara* et le bateau fut projeté vers la barrière de corail, sur laquelle sa coque se brisa. Le navire coula à pic, entraînant avec lui le *Flibustier* et tout son équipage. C'est ainsi que disparut Jean Lescarpe. Il venait d'avoir 48 ans. Quelques musées maritimes exposent des objets lui ayant appartenu. Il y en a sûrement aussi chez quelques riches collectionneurs, conclut Loïc en refermant le livre. Certains racontent même qu'il avait un repaire dans une des îles de la région, mais ça n'a jamais été prouvé.

— Donc, l'épave du *Flibustier* pourrait se trouver au même endroit que celle du galion espagnol, insinue Francis.

— En effet, acquiesce Philippe, mais il faudrait avoir beaucoup de chance pour trouver les deux.

Pour terminer la soirée, l'équipage se met à chanter une chanson de marins en vieux français qu'accompagne Roberto à la guitare.

Le soleil en son périgée
Le vaisseau vint s'eschoüer
Sur la coste pleine d'escueils
À l'abry de certains vents
Il y a une boëtte pleine de vieux escus
Qui n'ont veu ni lune ni soleil
Il y a longtemps...

Après cette première soirée fort intéressante, nous nous dirigeons vers notre cabine. Soudain, je m'aperçois que j'ai oublié le livre de Gillian sur le pont.

— Je reviens dans deux minutes, dis-je à mes amis en rebroussant chemin.

Alors que j'approche de l'endroit où nous étions quelques instants plus tôt, j'entends Philippe et Hélène qui discutent à voix basse. Je ralentis le pas et tends l'oreille.

— Ce n'est pas un accident, mentionne Philippe. On a sectionné son tube d'oxygène.

— Miguel serait mort si Nick n'était pas intervenu, remarque Hélène. Je ne comprends pas qu'il n'ait vu personne dans les parages.

— C'est curieux, en effet. Nous irons jeter un coup d'œil à cet endroit, ajoute Philippe en bâillant. Mais pour l'instant, il se fait tard…

Je sursaute en sentant une présence derrière moi.

— Tu écoutes aux portes ou tu cherches ça ? me nargue Hernan en brandissant le livre sous mon nez. Je te l'avais emprunté sans que tu t'en rendes compte.

— Je… je ne voulais pas les interrompre, dis-je en lui arrachant vivement le volume des mains. Tu n'es pas venu entendre le récit de Loïc tout à l'heure?

— J'avais mieux à faire que d'écouter des histoires de pirates que je connais déjà par cœur, réplique-t-il en me précédant à l'intérieur de notre cabine.

Sans un mot, il se glisse dans sa couchette sous celle de Francis.

Encore sous l'effet de l'excitation du voyage, nous continuons à bavarder quelques instants jusqu'à ce qu'Hernan nous signale qu'il aimerait dormir. Dans le noir, j'écoute le bruit des vagues en songeant aux paroles que je viens d'entendre. C'est quand même curieux que Nick se soit trouvé près de Miguel juste au bon moment et qu'il n'ait vu personne. Il y a du mystère dans l'air. Je continue de réfléchir jusqu'à ce que le sommeil me gagne.

Monsieur Fullero

Dès l'aube, le lendemain, la voix d'Annie me tire de mon sommeil.

— Marika ! Francis ! Venez-vous ramasser des coquillages ? Mon père m'a dit qu'on en trouve beaucoup à cette heure-ci.

— Mmm… répond Francis en ouvrant un œil. Annie, il fait encore nuit !

— Allez, debout paresseux, dis-je en m'étirant. Moi, je veux voir le soleil se lever sur la mer, ça doit être superbe. Tiens, Hernan est déjà debout, remarqué-je en voyant le lit de ce dernier inoccupé.

Ce garçon m'intrigue. Je me demande où il peut aller de si bonne heure. Sans bruit, nous nous faufilons à l'extérieur en direction de la plage. Au loin, quelques bateaux de pêche reviennent vers le port. Nous marchons pieds nus dans l'eau, excités de voir tous ces coquillages aux formes et aux couleurs diverses. Le sable fait bientôt place aux galets. Francis s'amuse à dénicher des crabes cachés entre les roches quand il perd pied et se retrouve à plat ventre dans l'eau.

— Ha! Ha! Ha! L'eau est bonne? ricane Hernan, que nous apercevons alors assis en retrait sur une grosse pierre.

Francis, trempé de la tête aux pieds, le fusille du regard en se relevant.

— Regardez! Le soleil commence à se lever, dis-je en pointant l'horizon.

Hernan nous fait signe de le suivre.

— Venez, c'est plus beau de là-haut, affirme-t-il en se dirigeant vers un sentier escarpé.

— Attends-nous! m'exclamé-je en remettant rapidement mes sandales.

Nous accompagnons Hernan jusqu'à un vieux phare qui se dresse majestueusement devant la mer, tel un fidèle gardien. Le soleil qui monte lentement enflamme le ciel et se reflète sur l'eau. Nous demeurons silencieux quelques instants devant ce spectacle grandiose.

— Wow! s'émerveille Annie.

Une barque est amarrée dans une crique en dessous de nous.

— Elle appartient à Fernando, un vieux pêcheur d'origine maya, explique Hernan. Allons lui dire bonjour.

Nous nous dirigeons quelques mètres plus bas vers une cabane en bois plutôt rudimentaire. Des filets de pêche sèchent sur des pieux plantés en terre et un hamac décoloré se balance entre deux arbres. À l'extérieur, un homme de petite taille s'affaire à réparer une voile. Sa peau toute plissée semble avoir été cuite par le soleil. Nous nous approchons discrètement. Légèrement bedonnant, l'individu dégage une forte odeur de cigarettes et d'alcool. Il interrompt son travail et nous salue en ébauchant un sourire édenté.

— ¡*Buenos días, Fernando! ¿Cómo está usted?* (Bonjour, Fernando ! Comment vas-tu ?) lui demande Hernan.

Le vieux pêcheur s'exprime en espagnol. Je n'y comprends strictement rien. Il parle rapidement et gesticule en pointant la mer et les îles que l'on aperçoit au loin.

— Fernando affirme que ces derniers temps, des lumières multicolores se promènent sur l'eau et dans les îles avoisinantes très tard la nuit, nous traduit Hernan. Il est persuadé que ce sont des fantômes de pirates qui viennent hanter l'endroit afin de retrouver leurs trésors. Mais vous devez aussi savoir que ce vieux loup de mer a tendance à prendre un peu trop de tequila et à raconter régulièrement des histoires quelque peu farfelues, nous confie-t-il.

Nos ventres crient famine. Nous prenons congé du pêcheur et retournons vers la marina. Hernan, quant à lui, mentionne qu'il a déjà mangé et s'éloigne en direction du port.

Un air de fébrilité règne à bord de l'*Astérie* où chacun s'active aux préparatifs de la nouvelle expédition.

Nous suivons la bonne odeur de café qui nous mène à la salle à manger où nous attend notre petit déjeuner.

— Toujours aussi matinale, remarque Philippe en embrassant Annie.

— Oui, mais ça en valait la peine. Nous avons vu le soleil se lever, et regardez tout ce qu'on a ramassé, s'exclame-t-elle en vidant un sac de coquillages sur la table.

— Hernan n'est pas là? demande Hélène.

— Non, répond Annie. Il était avec nous tout à l'heure, mais je crois qu'il avait une course à faire avant de revenir.

— Il fait la tête, soupire sa mère, les sourcils froncés. J'aimerais bien le voir de bonne humeur.

— ¡He! niños, vous m'accompagnez au port? demande Carlos. J'ai besoin de poisson frais pour le souper. Philippe, je t'emprunte Barracuda, ça ira plus vite, continue-t-il en ramassant les clés du vieux tacot déposées sur la table.

Nous acceptons son invitation avec joie.

Les pêcheurs rentrent au port afin de décharger et de vendre leurs prises de la nuit. Leurs filets débordent de poissons frais et de fruits de mer. Il faut tout trier : on met dans des caisses ce qui est destiné aux commerces locaux ou on dépose dans la glace ce qui s'en va vers les différents marchés. Carlos gesticule et discute en espagnol avec les marchands. Annie pousse un cri de mort quand un des pêcheurs lui tend une langouste bien vivante. Tout ça est fascinant, mais l'odeur de poisson a vite fait de nous incommoder et nous nous éloignons un peu sur les quais pour attendre notre chef cuisinier. C'est à ce moment que nous apercevons Hernan. Il converse avec un débardeur affairé à décharger la cargaison d'un bateau quand un homme l'interpelle.

— Je le reconnais, dis-je à voix basse à mes camarades. C'est l'homme de l'avion. Je me demande qui c'est.

Nous observons la scène en retrait. Hernan et lui s'entretiennent un instant, puis l'inconnu s'éloigne. Hernan fait disparaître quelque chose dans sa poche en jetant des regards furtifs autour de lui, avant de se diriger d'un pas rapide vers la marina.

— J'aimerais savoir ce qu'il manigance, celui-là, déclare Francis.

— Il vaudrait peut-être mieux faire comme si nous n'avions rien vu, suggère Annie.

— Oui, dis-je, tu as raison, mais j'ai quand même l'intention d'en savoir plus. Venez, retournons sur nos pas. Carlos doit nous chercher.

À notre retour à la marina, Philippe et Nick discutent avec un homme de haute stature au crâne dégarni. Son visage osseux bruni par le soleil et ses vêtements de bonne coupe lui donnent une allure distinguée. Une perle orne son oreille droite et les bagues aux pierres proéminentes qui décorent ses doigts montrent un certain goût pour le tape-à-l'œil.

— Votre prix sera le mien, *Filipe*, affirme-t-il avec un fort accent en tapant sur l'épaule du père d'Annie. Mon yacht est ancré ici pour plusieurs jours encore, continue-t-il en pointant du doigt le magnifique bateau amarré à l'extrémité de la marina. Ce serait dommage pour nous tous de ne pas nous entendre…

— Désolé, monsieur Fullero, mais je crois que vous faites erreur sur le but de notre travail, rétorque Philippe. Je ne vois pas de quelle épave vous voulez parler.

— Au contraire, mon ami, je suis très bien renseigné sur votre « Mission Cachalot ». Réfléchissez. L'argent que je vous offre servirait pour vos futures recherches, ajoute-t-il en s'éloignant sur la passerelle.

— Qui est cet homme, papa ? s'inquiète Annie.

— Un riche collectionneur d'objets anciens, répond Philippe, l'air très contrarié. J'aimerais bien savoir qui l'a mis au courant de notre découverte. Seuls les membres de l'équipage connaissent le nom de notre mission. L'information viendrait donc de l'intérieur…

— Que veut-il ? demande Francis.

— Si nous retrouvons la figure de proue du *Santa Clara*, il désire l'acheter pour enrichir sa collection personnelle.

— Qu'a-t-elle de spécial ? dis-je, curieuse.

— Pour un connaisseur, elle vaut une fortune. La remonter à la surface serait extraordinaire, mais elle appartient au patrimoine mexicain et ira au musée maritime. Tiens, il a oublié ses verres fumés.

— On peut aller les lui porter, propose Francis.

— D'accord, mais ne vous attardez pas, recommande Philippe. Je me méfie de ces gens trop riches qui sont prêts à tout pour obtenir ce qu'ils veulent.

Le superbe yacht de monsieur Fullero est amarré à l'extrémité d'un des quais. Un matelot nous fait monter à bord. L'intérieur du bateau est très luxueux. Boiseries en acajou, dorures et tissus de qualité témoignent de la richesse de son propriétaire. De magnifiques poissons tropicaux aux couleurs flamboyantes nagent entre des algues dans un immense aquarium.

— C'est incroyable toutes leurs teintes, remarque Annie.

— Joli, n'est-ce pas ? renchérit monsieur Fullero qui vient d'entrer dans la pièce. Poisson-papillon, ange, gobie néon, hippo-campe, énumère-t-il en pointant du doigt quelques spécimens.

Pour nous remercier de lui rapporter ses lunettes, il nous fait faire un tour rapide de sa collection d'objets anciens. Poteries, pistolets, vieilles pièces de monnaie et bijoux antiques se partagent des étagères vitrées et cadenassées.

— Wow ! m'exclamé-je en m'approchant de la vitre. Est-ce une vraie carte au trésor, là, sur ce parchemin ?

— Je crois que oui, répond monsieur Fullero.

Le croquis représente le soleil, un groupe d'îles et la mer avec d'énormes vagues ainsi que l'inscription suivante :

À mon amour, Que par soleil mon thrésor caché, Coigne la terre si veux trouver.

— Je l'ai rachetée d'un plongeur. Il a dit l'avoir trouvée parmi les débris d'une épave au large d'Isla del Sol, explique l'homme.

— C'était peut-être le bateau de Jean Lescarpe, réplique Annie, fière de montrer ses connaissances.

— Qui sait? Je vois que vous connaissez son histoire.

— Qu'est-ce que vous croyez que ça veut dire ? dis-je en me tournant vers monsieur Fullero.

— J'aimerais bien le savoir, avoue ce dernier. La phrase est écrite en vieux français et les îles représentent possiblement l'archipel où nous sommes, mais tout ça est très vague. En plus de ne pas savoir où chercher, on n'a aucune idée de ce que l'on pourrait trouver, alors... Non, moi ce qui m'intéresse, c'est ce qui se trouve sous l'eau.

Je suis persuadé que l'épave du *Santa Clara* renferme de fabuleux trésors.

Respectant les directives de Philippe, nous refusons le jus offert par notre hôte et prenons rapidement congé. En chemin, je m'arrête un moment afin de reproduire dans mon cahier les indications ainsi que le petit poème que nous venons de voir.

— Cette carte est intrigante, murmuré-je.

— Ça y est, notre détective en herbe vient de flairer une piste, soupire Annie. Ne me dis pas que tu veux te lancer à la conquête de ces îles et partir à la recherche d'un trésor légendaire.

— Pourquoi pas ? Jean Lescarpe a quand même bel et bien existé. Il doit sûrement rester quelque chose de son repaire… Chut ! Baissez-vous, dis-je en poussant mes amis derrière un gros baril.

Miguel approche. Il passe sans nous voir et se dirige vers le bateau de monsieur Fullero. C'est curieux, je me demande ce qu'il va faire là. Nous regagnons l'*Astérie*.

Des lumières dans la nuit

5

Nous passons une partie de l'après-midi à relaxer. Annie m'a convaincue de me faire bronzer, mais j'ai tôt fait de m'ennuyer à rester étendue comme un lézard au soleil.

— J'ai besoin de bouger, dis-je en me levant. Je vais faire un tour.

J'observe un moment Francis et Hernan qui apprennent les rudiments de la pêche en mer avec Carlos.

— Aïe ! Je suis sûr qu'il l'a fait exprès, s'écrie Francis, accroché par le fond de culotte à l'hameçon d'Hernan.

— Pas du tout, réplique ce dernier. J'essaie de pêcher un poisson comestible et ça m'étonnerait que tu le sois.

Décidément, le courant ne passe pas entre ces deux-là. Je continue ma promenade sur le bateau. Roberto, occupé à nettoyer les accessoires de plongée sous-marine, m'en explique le fonctionnement. Je lui pose quelques questions sur l'incident arrivé à Miguel la veille.

— Est-ce que Miguel aurait pu briser son tube d'oxygène par accident ?

— Non, me répond le plongeur d'un ton catégorique. Le boyau a été sectionné à l'aide d'un couteau. Ça demeure un mystère pour le moment.

Au souper, Carlos est très fier de nous servir du poisson frais du jour.

— Alors, qu'est-ce que vous en dites ? demande-t-il.

— Ça fond dans la bouche, murmure Annie avec un sourire béat.

— Oui, c'est vraiment délicieux, dis-je à mon tour.

— Salut, la compagnie, lance Nick en entrant dans la pièce. Désolé pour mon retard. Vous m'avez gardé une portion, j'espère.

— Bien sûr, viens t'asseoir, le rassure Carlos en se levant. Je vais te chercher une assiette.

— Je suis allé à l'atelier pour reprendre le *Cachalot*, annonce Nick.

— Alors, est-ce qu'ils ont terminé les réparations ? s'informe Philippe.

— Heu… non, malheureusement, répond Nick. Il manque une pièce importante et nous ne l'aurons pas avant trois jours. Nous allons devoir attendre.

— Trois jours ! s'exclame Loïc. Pas question. Nous commencerons sans lui.

— Loïc a raison, intervient Philippe. Nous partirons demain matin comme prévu et nous reviendrons chercher le *Cachalot* plus tard. Nous pouvons nous passer de lui pour commencer les recherches.

Nick paraît tendu et mécontent, mais sa bonne humeur revient lorsqu'il nous raconte quelques aventures survenues dans des expéditions précédentes à bord de l'*Astérie*.

— Bon, moi, je vous tire ma révérence, dit-il en regardant sa montre pour la troisième fois en cinq minutes. J'ai besoin d'une bonne nuit de sommeil. À demain.

Nous obtenons la permission de Philippe de dormir à la belle étoile sur le pont avant du bateau. Nous descendons avec enthousiasme vers notre cabine pour prendre nos sacs de couchage.

— Au fait, quelqu'un a-t-il vu Hernan depuis le souper? demandé-je.

— Non. On devrait l'inviter à se joindre à nous, suggère Annie.

De la lumière filtre sous la porte de notre cabine, confirmant la présence du garçon à l'intérieur. Nous entrons. Hernan, assis sur sa couchette, s'empresse de dissimuler quelque chose derrière son dos.

— Qu'est-ce que tu caches? s'informe Francis en lui lançant son oreiller.

Hernan, surpris par le geste, lève les bras pour se protéger. Deux billets de vingt dollars américains tombent par terre.

— D'où vient cet argent? demande Annie.

— Ce n'est pas vos affaires, riposte Hernan. Toi, tu vas me payer ça, gronde-t-il à l'intention de Francis.

Ce dernier lui répond par une grimace.

— Bon, ça ne sert à rien de vous disputer, dis-je. Tu as bien le droit d'avoir tes secrets…

— Il n'y a rien de secret là-dedans.

— Je parie que c'est l'homme avec qui tu parlais au port qui t'a donné cet argent, affirme Annie.

Ma chère amie est toujours aussi subtile.

— Vous m'espionnez ou quoi ? riposte Hernan, sur la défensive.

— Nous voulons juste savoir ce que tu manigances, réplique Francis.

— Rien du tout. J'aime aller discuter avec les débardeurs au port. Ils ont toujours un tas d'histoires à raconter. Ce matin, un inconnu m'a abordé afin d'obtenir un renseignement. Comme j'hésitais à le lui donner, il a sorti de l'argent. Je n'allais pas refuser ça, déclare-t-il en brandissant ses billets.

— Que voulait-il ? dis-je, intriguée.

— C'est un interrogatoire, ma foi. Il désirait savoir le code de la porte qui donne accès à la marina afin de faire une visite surprise à un bon ami. Bon, satisfaits ?

— Oui, oui, ne te fâche pas.

J'évite de lui faire la morale, mais à mon avis, c'est imprudent de donner une telle information à un inconnu, même contre de l'argent.

Après s'être fait prier un moment, Hernan accepte de venir camper avec nous sur le pont. Installés dans nos sacs de couchage, nous admirons le ciel étoilé et tâchons de repérer la Grande Ourse.

— Hé ! s'exclame soudain Francis en pointant la mer du doigt. Avez-vous vu ça ?

Nous apercevons à notre tour plusieurs petites lumières qui semblent courir à la surface de l'eau. Elles vont et viennent, puis disparaissent, pour réapparaître un peu plus loin.

— Qu'est-ce que c'est ? dis-je, perplexe.

— Il s'agit sans doute des pirates dont parlait le vieux Fernando, se moque Hernan. Ils cherchent leurs trésors.

— Je ne crois pas aux fantômes, affirmé-je.

— Écoutez ! lance Annie.

Un léger ronronnement de moteur se fait entendre. Nous scrutons la surface de l'eau afin d'apercevoir l'embarcation.

— Là ! indique Francis, le bras tendu.

Une brève lueur illumine une barque arrêtée non loin de la marina. Soudain, trois clignotements venant d'une île semblent répondre à son signal. Puis le ronronnement reprend et l'embarcation s'éloigne dans la nuit.

— Il se passe des choses mystérieuses sur ces îles. J'aimerais bien aller y jeter un coup d'œil.

— Tu espères peut-être y trouver un trésor, Marika, me taquine Hernan.

— Pourquoi pas ?

— Comment veux-tu aller là-bas sans demander à quelqu'un de nous accompagner? réplique Francis.

— Avec moi, affirme Hernan.

— Tu saurais comment t'y rendre? demande Annie.

— Pff! Rien de plus facile. Il suffit d'attendre que l'*Astérie* soit ancrée au large, puis d'emprunter un des canots à moteur. J'ai l'habitude.

— Et tu crois que ta mère te permettrait de nous emmener, dis-je.

— Bien oui, je ne suis plus un bébé. Laissez-moi faire, je sais comment m'y prendre.

Pour éviter que tout le monde intervienne dans notre projet, nous décidons de n'en parler à personne pour le moment.

Hernan et Francis s'endorment. Je bavarde encore un peu à voix basse avec Annie. Des bruits nous font soudain nous figer. Quelqu'un grimpe à l'échelle et monte à bord de l'*Astérie*. Je lève la tête et j'écoute. L'intrus s'avance à pas furtifs.

Par la silhouette, je crois reconnaître Nick. Il me semblait qu'il allait se coucher tout de suite après le souper, lui. Je le trouve bizarre, il avait l'air nerveux tantôt, quand il a été question du *Cachalot*. Je me demande pourquoi.

La carte au trésor

Le lendemain, nous levons l'ancre de bonne heure. Chacun s'affaire à ses tâches particulières. Francis et moi nous rendons dans la salle des commandes pour voir comment on dirige un bateau. Philippe discute avec Miguel et Roberto devant une carte maritime.

— Cette fois-ci, nous allons contourner la barrière de corail par le nord, c'est plus sûr pour l'*Astérie*. Nous pourrons l'ancrer là, entre ces deux îles, dit Philippe. Qu'en penses-tu, Roberto ? C'est toi qui connais le mieux la région.

— Ça ira, mais il faut éviter le secteur où se rencontrent la mer des Caraïbes et le golfe du Mexique, note-t-il, les vagues sont trop dangereuses.

Tiens, la zone choisie par Philippe me rappelle l'endroit représenté sur la carte de monsieur Fullero. Je jette un coup d'œil dans mon cahier. En effet, l'archipel semble être le même que sur le parchemin. Mais c'est comme chercher une épingle dans une botte de foin.

Francis pose un tas de questions pertinentes au sujet de la navigation et se retrouve fièrement à la barre à côté de Philippe. Je les laisse à leurs explications de bâbord et de tribord, préférant rejoindre Annie, assise sur le pont à l'avant du bateau, le nez dans un roman. Elle a l'air d'une starlette avec son chapeau de paille, son paréo et ses lunettes fumées à monture blanche. Nous nous éloignons tranquillement d'Isla del Sol, qui rapetisse peu à peu à l'horizon. Des mouettes suivent le bateau et je m'amuse à leur lancer des bouts de pain.

Penché sur le garde-fou, Miguel fait de grands gestes des bras pour que Philippe arrête l'*Astérie*. Nous ralentissons l'allure.

— C'est ici que se trouvait la bouée orange, affirme-t-il.

Je me joins aux autres pour scruter la surface de l'eau, mais c'est peine perdue. Au bout d'un moment, Philippe intervient.

— Depuis vingt minutes que nous tournons en rond, nous n'avons rien sondé du tout. Désolé, mon vieux, mais nous devons continuer notre route.

— Je suis persuadé que c'était ici, s'obstine Miguel. C'est la bonne distance et j'avais remarqué que je me trouvais en ligne avec la petite île. Quelqu'un a dû enlever cette bouée...

Le moteur se remet en marche. Au loin, les côtes des deux îles que nous apercevions du haut de la falaise la veille se dessinent. La barrière de corail ne doit pas être loin. Nous naviguons depuis environ une heure quand Nick interpelle Philippe.

— Un bateau de la garde côtière vient vers nous.

— Tu as raison, répond Philippe en braquant ses jumelles dans la direction indiquée. Que nous veulent-ils encore?

— Une simple visite amicale ou des emmerdements, suppose Loïc.

Un drapeau mexicain flotte au-dessus de l'embarcation au moteur puissant qui a tôt fait de nous rejoindre. Le pilote nous fait signe d'arrêter.

Le bateau nous accoste et deux hommes en uniforme montent à bord de l'*Astérie*. Une discussion animée s'ensuit entre eux, Philippe et Nick. Le ton commence à monter.

— Qu'est-ce que c'est que ces histoires? rage Nick. Nous sommes parfaitement en règle depuis le temps que nous faisons des recherches dans la région.

Ils ont beau s'obstiner, il n'y a rien à faire. Les deux policiers sont inflexibles: Philippe et Nick vont devoir les accompagner afin de leur fournir certains permis requis pour faire des fouilles dans la région.

Les garde-côtes exigent aussi que l'*Astérie* demeure ancrée là où elle est en attendant le retour de son capitaine. Ce dernier, très contrarié, fait quelques recommandations au reste de l'équipage, puis se tourne vers Annie qui a perdu son sourire.

— Ne t'en fais pas. Nous devrions être de retour dans la soirée, la rassure son père.

— Quelle histoire ! soupire Hélène, découragée, en regardant le bateau de la garde côtière s'éloigner. Je ne sais pas pourquoi, mais j'ai l'impression que quelqu'un essaie de nous nuire.

— En effet, approuve Miguel, mais il n'est pas question que je perde une journée complète à attendre.

— Ce sera sûrement vite réglé, l'encourage Gillian. Nous ne sommes pas loin de l'endroit où vous avez localisé l'épave. Rien ne nous empêche d'explorer discrètement sous l'eau en attendant, suggère-t-elle.

D'accord avec elle, Miguel, Roberto et Loïc décident de préparer le matériel et de plonger au plus tôt. Après un certain temps sous l'eau, Miguel et Roberto reviennent bredouilles.

— Nous ne sommes pas au bon endroit, constate Miguel, déçu. Nous perdons notre temps ici.

— J'ai trouvé quelque chose, s'exclame Loïc qui fait surface un peu plus loin. Hélène, Carlos, déroulez le treuil, j'ai besoin d'un crochet, crie-t-il avant de replonger.

Miguel et Roberto disparaissent sous l'eau à sa suite. Nous sommes impatients de savoir ce que Loïc a découvert. Quelques minutes plus tard, Roberto nous signale qu'ils sont prêts pour la remontée.

— De quoi s'agit-il ? lui demande Hélène.

— C'est une ancre ! annonce-t-il pendant que, sous nos yeux émerveillés, émerge cette antiquité rouillée et couverte d'algues.

— J'ai hâte que Philippe voie ça, jubile Hélène.

— C'est peut-être l'ancre du *Santa Clara*, suppose Annie, fascinée.

— C'est difficile de l'affirmer pour l'instant, répond Loïc. En tout cas, elle a grandement besoin de se refaire une beauté.

Au souper, l'équipage se montre soucieux, car son capitaine n'est toujours pas rentré.

— Au fait, mentionne Carlos, j'ai aperçu le yacht de monsieur Fullero dans les parages tout à l'heure.

— Ce rapace se tient à l'affût, remarque Loïc. Pourtant, Philippe a été clair avec lui : peu importe ce que nous trouverons, il n'y aura rien à vendre.

La noirceur commence à tomber quand Hélène reçoit un message radio de Philippe l'avisant que lui et Nick ne seront pas de retour avant le lendemain.

Dans notre cabine, Francis et moi tentons de rassurer Annie qui s'inquiète pour son père.

— Hélène t'a expliqué qu'avec les Mexicains il ne faut pas être pressé quand il s'agit de paperasse.

— Regardez ça, nous interrompt Hernan en entrant promptement dans la pièce.

Il nous tend un morceau de tissu épais.

— C'est le vieux Fernando qui me l'a donné, ajoute-t-il fièrement.

— On dirait la carte d'un trésor, remarque Annie en examinant le dessin.

Celui-ci ressemble étrangement à celui que j'ai copié dans mon cahier, mais avec plus de détails. Méfiante, mais surtout intriguée, je demande à Hernan où Fernando a trouvé cette carte.

— Je ne sais pas exactement, me répond-il, évasif. Quand je lui ai parlé de notre intention d'aller explorer les îles, il a sorti cette carte d'une vieille boîte poussiéreuse.

— Quand nous y emmèneras-tu? Tu nous l'as promis, insiste Annie.

— Demain, si vous voulez, dit Hernan, mais il faudrait partir avant que les autres ne se lèvent.

— Ta mère est d'accord? demande Francis d'un ton soupçonneux.

— Mais oui, réplique Hernan, agacé. Je vous réveillerai à quatre heures trente.

Après nous être consultés du regard, nous acceptons sa proposition avec enthousiasme. Nous nous mettons au lit rapidement, conscients du peu d'heures qu'il nous reste à dormir. Étendue sur ma couchette, je suis de plus en plus excitée. Je repense aux événements de la journée, mais un détail me tracasse : comment Nick a-t-il pu voir *sans jumelles* qu'il s'agissait d'un bateau de la garde côtière ?

Pris dans
la tempête

7

Le lendemain, Hernan nous réveille à l'heure prévue.

— Je vous attends à l'arrière du bateau, chuchote-t-il en ouvrant la porte de la cabine avec précaution. Dépêchez-vous.

— Êtes-vous sûrs qu'on peut lui faire confiance ? demande Annie en attachant ses cheveux encore plus bouclés qu'à l'habitude à cause de l'humidité.

— Moi, j'en doute et je me méfie de lui, répond Francis, catégorique.

— Je crois que tu as tort, dis-je. J'avoue qu'il n'a pas toujours été très aimable avec nous, mais il s'améliore. Allons-y.

À pas feutrés et en silence, nous rejoignons Hernan. Équipés de boussoles, de lampes de poche, de bouteilles d'eau et de quelques biscuits, nous enfilons nos gilets de sauvetage avant de descendre dans le Zodiac.

— Mon père te permet-il souvent d'emprunter ce bateau ? s'informe Annie.

— Oui, pour me promener aux alentours, répond Hernan en détachant la corde qui nous retient à l'*Astérie*.

Nous nous éloignons lentement sans démarrer le moteur afin d'éviter de faire du bruit pour ne pas réveiller les occupants du bateau.

— J'aimerais que Boff soit ici, mentionne Francis.

— J'imagine mal ton gros chien avec nous dans le Zodiac, dis-je en riant, mais j'avoue qu'il me manque à moi aussi.

Nous ramons en direction de l'île la plus proche. Les lumières de l'*Astérie* ne sont bientôt plus que des points lumineux dans la brume du matin.

— Bon, ici, ça ira, affirme Hernan en mettant le moteur en marche.

D'une main habile, notre jeune capitaine dirige l'embarcation et nous conduit sans embûches jusqu'à notre destination. Le jour se lève doucement. De ce côté de l'île, nous ne voyons plus le bateau, mais nous supposons que l'activité a repris à bord.

— Wow, regardez l'eau, dis-je, émerveillée. Elle est tellement claire qu'on voit jusqu'au fond.

Nous avançons jusqu'à une mince plage de sable et mettons pied à terre.

— Bon, qui a la carte ? demande Annie pendant qu'Hernan s'affaire à bien attacher notre bateau à un gros tronc d'arbre.

— C'est moi, dit Francis. Ah ! zut, je l'ai mouillée. Mais…

Interloqué, Francis regarde ses doigts tachés d'encre noire.

— Ce bout de tissu n'est pas plus ancien que moi je suis roi d'Angleterre, s'in-digne-t-il.

— Qu'est-ce qui te prend, Francis? dis-je sans comprendre sa subite frustration.

— L'encre coule avec l'eau. Et regarde la minuscule étiquette en haut à gauche, déclare mon ami en me tendant la carte.

Je déchiffre à haute voix :

— Fait en Chine. Tissu lavable à la main seulement.

— Ça alors, s'étonne Annie. Pourtant, Hernan a dit que...

— Justement, Hernan, il s'est bien moqué de nous. N'est-ce pas ? insinue Francis en se tournant vers ce dernier.

— Je vous ai bien eus, articule celui-ci en pouffant de rire. Les cartes au trésor, ce n'est que dans les histoires. Je ne peux pas croire que vous ayez marché aussi facilement...

— Je savais bien qu'on ne pouvait pas te faire confiance, rage Francis.

— Bon, Hernan a fait une blague, dis-je. On ne va pas dramatiser. L'important, c'est qu'il a tenu sa promesse de nous emmener jusqu'ici.

— Marika a raison, approuve Annie. Allons explorer l'endroit au lieu de perdre notre temps en disputes inutiles.

À la queue leu leu, nous nous frayons un chemin à travers les branches. Nous avons l'impression de nous retrouver en pleine forêt tropicale tellement la végétation est dense. Nous avançons prudemment. Des oiseaux multicolores semblent nous souhaiter la bienvenue avec leurs chants joyeux. Nous marchons depuis environ une demi-heure quand je remarque un amas de pierres.

— Regardez, dis-je, on dirait des ruines.

Nous faisons le tour des quelques bouts de murs qui pointent à travers la végétation. Entre autres, deux morceaux de colonnes écroulées nous font supposer qu'il s'agit d'un ancien temple.

— Il date sûrement de très longtemps, remarque Annie.

— Il y a des marches là-dessous, nous indique Francis, penché au-dessus d'un trou dans le sol.

Avec précaution, nous nous glissons à tour de rôle dans l'ouverture.

L'escalier en pierre couvert de mousse mène dans une pièce basse.

— Pouah ! Ça sent l'humidité ici, se plaint Annie.

Sur les murs, nous voyons des têtes de serpents et de personnages coiffés de plumes directement sculptés dans la roche.

— Ce sont des dessins mayas, observe Hernan qui, peu à peu, se laisse gagner par notre enthousiasme.

Dans un coin, une statue au visage grimaçant avec des serpents sculptés en guise de chevelure semble vouloir nous effrayer. Annie, apeurée, saisit fermement la main de Francis.

— Je déteste cet endroit, bougonne-t-elle. J'ai hâte de sortir d'ici.

— De toute façon, cette salle ne débouche nulle part, remarque Hernan.

— Hé ! Venez voir par ici, dis-je en me levant sur la pointe des pieds.

Le mur fissuré laisse filtrer un peu de lumière, nous permettant d'apercevoir l'île voisine. Elle semble légèrement plus grande et beaucoup plus rocailleuse que la nôtre.

— Il y a une barque amarrée entre deux rochers, s'étonne Francis. Elle doit bien appartenir à quelqu'un.

— Il s'agit peut-être des gens qui lançaient des signaux l'autre nuit. Rebroussons chemin et allons voir s'il est possible de nous y rendre, dis-je.

Une fois à l'extérieur, nous constatons que le temps se gâte rapidement. Il vaudrait mieux regagner l'*Astérie*.

Nous nous empressons d'enfiler nos gilets de sauvetage et de monter à bord du canot. Hernan a remis le moteur en marche et nous nous éloignons de la rive. Le ciel couvert et les rafales de vent ne présagent rien de bon. La hauteur des vagues augmente à vue d'œil, faisant tanguer dangereusement notre embarcation.

— Une tempête se prépare, mentionne Hernan. Il faut rentrer au plus vite.

— Hé ! l'*Astérie* s'éloigne ! s'écrie soudain Annie qui regarde au loin avec ses jumelles.

— Tu as raison, dis-je en regardant à mon tour. Le bateau semble se diriger vers Isla del Sol. Peut-être à cause du mauvais temps? Pourtant, ils savent que nous sommes ici, n'est-ce pas, Hernan?

Ce dernier baisse les yeux.

— Ils ne le savent pas, avoue-t-il dans un souffle.

— Qu'est-ce que tu veux dire? s'inquiète Annie.

— Personne n'est au courant que nous sommes partis. Ils nous croient toujours à bord.

— Mais tu as dit que ta mère...

— Elle ne m'aurait jamais permis de prendre le Zodiac sans un adulte pour nous accompagner. Je vous ai menti, je suis désolé.

— Désolé! s'exclame Francis. Bravo! Grâce à toi, nous sommes fichus, crie-t-il, complètement paniqué.

— Comme il est encore tôt, ils nous croient probablement couchés, mais dès qu'ils s'apercevront de notre absence et de celle d'un des canots à moteur, ils vont nous chercher. Du moins, je l'espère, dis-je pour me rassurer.

— Nous ferions peut-être mieux de trouver un endroit pour nous mettre à l'abri en attendant que le temps se calme, suggère Annie, blanche comme un drap.

Francis, le teint complètement vert, est penché par-dessus bord et vomit le peu qu'il a dans l'estomac. Hernan fait de son mieux pour stabiliser notre bateau, mais en vain.

— Je n'y arrive pas, lance-t-il. Le courant est trop fort.

La mer déchaînée nous porte malgré nous vers l'île voisine, entourée de dangereux récifs. Soudain, une énorme vague nous frappe de plein fouet et nous projette les uns contre les autres vers l'arrière du bateau. Avant que nous puissions réagir, une seconde vague, qui arrive en sens contraire, nous pousse sur les roches. Après avoir fait entendre un bruit de tôle qui frotte, le moteur s'arrête.

— L'hélice est brisée. Francis, prends la rame et aide-moi, crie Hernan en tentant de diriger notre frêle embarcation entre les rochers. Il faut aller vers la gauche. J'ai aperçu un bout de plage.

— Le Zodiac est percé, s'écrie Annie. On va couler !

— Elle a raison, dis-je. J'ai déjà de l'eau jusqu'aux chevilles.

Ballottés au milieu des vagues qui frappent les récifs avec acharnement, nous trouvons les secondes suivantes interminables alors que les événements se précipitent. J'agrippe solidement la main d'Annie au moment où une vague soulève notre embarcation, nous jetant tous les quatre à l'eau. Nous nous accrochons de toutes nos forces à des récifs qui pointent hors de l'eau pour ne pas être emportés par le courant.

— Annie ! Marika ! crie Francis, venez par ici ! Hernan !

À ce moment, quelqu'un saisit fermement mon gilet de sauvetage.

— Tiens mon bras et celui d'Annie, Marika, lance Hernan d'un ton impératif. Dès que la vague arrive, donnons-nous un élan. Le ressac va nous pousser vers Francis. Attention, allons-y !

Guidées par l'instinct de survie, Annie et moi nageons de toutes nos forces, accompagnées par Hernan, vers la crique sous les rochers où Francis s'est réfugié. Ce dernier nous aide à nous hisser jusqu'à une longue pierre formant une plate-forme.

— Ouf ! Il était temps. Je n'en pouvais plus, dit Annie, à bout de souffle.

Au moment où je me retourne pour aider Hernan à mon tour, une vague le heurte violemment et l'emporte.

— Hernan ! Noon ! Je ne le vois plus ! Hernaan !

Les larmes me montent aux yeux. Ce garçon vient de nous sauver la vie... Quel affreux cauchemar ! À perte de vue, tout n'est que grisaille ! La pluie tombe en trombe, des éclairs sillonnent le ciel et la mer enragée fouette les rochers avec violence.

Nous refusons d'admettre que notre ami puisse s'être noyé et, toute animosité oubliée, Francis se joint à nous. Nous tentons désespérément d'apercevoir Hernan tout en criant son nom à tue-tête.

— Là ! Il est là ! hurle soudain Annie en pointant du doigt une tache orange qui émerge de l'eau.

Je l'aperçois aussi.

— C'est lui ! C'est lui ! me mets-je à crier avec soulagement.

Hernan parvient à nous rejoindre en escaladant avec précaution des pierres glissantes qui forment un semblant d'escalier. Nous lui sautons au cou.

— Tu nous as fait très peur, avoue Annie. Nous pensions ne plus jamais te revoir.

— Vous n'alliez quand même pas vous débarrasser de moi aussi facilement, parvient-il à blaguer en se laissant choir sur le sol, complètement exténué.

Le système D

Malgré de nombreuses écorchures, nous sommes soulagés d'être encore en vie. Notre abri de fortune nous protège un peu du vent. Nous n'avons pas le choix, il faut attendre la fin de l'orage pour que la mer se calme. Hernan est assis seul dans un coin, la tête entre les genoux. Je m'approche de lui et je mets une main sur son épaule. Il lève la tête vers moi, les yeux pleins d'eau.

— Tout est de ma faute, Marika. Je suis tellement désolé.

— Ne t'en fais pas, tout va s'arranger.

— Ma mère va regretter de m'avoir emmené avec elle, c'est sûr. Je ne suis qu'un fardeau pour tout le monde.

— Pourquoi dis-tu ça ?

— Mon père se fout complètement de mon existence. Je ne le vois presque jamais. Tout ce qui l'intéresse, c'est l'argent et son travail. Chaque fois que je dois aller chez lui, à Acapulco, il trouve une raison pour tout annuler à la dernière minute.

— Mais ta mère…

— Elle est toujours occupée avec ses recherches et son Philippe. Il compte bien plus que moi pour elle, maintenant.

— Là, je suis sûre que tu te trompes. Ton attitude avec elle brouille peut-être les choses.

Sans me répondre, Hernan hausse les épaules. Perdus dans nos pensées, nous demeurons silencieux quelque temps. La pluie s'arrête enfin aussi vite qu'elle a commencé, le vent s'adoucit et le soleil réapparaît tranquillement à travers les nuages.

Je regarde Annie, les cheveux en broussaille avec un long morceau d'algue entortillé dans sa barrette, et un fou rire nerveux me prend tout à coup.

— Si tu te voyais l'air, dis-je en riant.

Annie prend d'abord un air offensé en passant une main dans ses cheveux pour tenter de se recoiffer. Cependant, ma soudaine bonne humeur la gagne elle aussi et elle se met à rire à gorge déployée, bientôt suivie de Francis et d'Hernan. Ce petit moment de répit nous fait du bien.

— Marika, déclare Annie, te rends-tu compte que la majorité des gens qui viennent au Mexique profitent grassement de la plage, se font bronzer en sirotant un jus de coco ou encore visitent des ruines mayas? Pourquoi pas nous?

— Heu… Parce que c'est plus excitant ?

— En fait, ce que je veux dire, continue mon amie, c'est que la prochaine fois que je t'invite en vacances, rends-moi service : refuse, s'il te plaît.

— Je m'en souviendrai, dis-je avec un air faussement penaud.

Nous nous laissons glisser le long de la pierre. Dans l'eau jusqu'aux genoux, sandales aux pieds par peur de ce qu'il peut y avoir au fond, nous nous dirigeons vers le bout de plage qu'Hernan a aperçu plus tôt. L'eau, encore agitée, est toute brouillée et remplie d'algues gluantes.

— Hiii ! Quelque chose a frôlé ma jambe, crie Annie en faisant de grands sauts dans l'eau. Hiii !

— S'il t'entend, le «quelque chose» doit être mort de peur en ce moment, la taquine Hernan.

Nous atteignons enfin la rive, trempés et affamés. Au moins, il fait chaud et le soleil a vite fait de sécher nos vêtements.

— Le bateau est vraiment fichu, soupire Francis en ramassant une pièce de moteur flottant au bord de l'eau.

— Nous sommes dans de beaux draps, pleurniche Annie.

Je renchéris :

— Pour ça, oui. Nous l'avons échappé belle, mais maintenant, ton père va vouloir nous étriper.

Je ramasse une des rames échouée sur le sable, puis je jette un regard aux alentours.

Des roches et encore des roches. On dirait que cette île est entièrement couverte de pierres.

— Bon, ma mère me dit toujours que «pour tout problème, il y a une solution». Il est temps d'utiliser notre système D.

— Système D? Qu'est-ce que c'est? me demande Hernan.

— «D» pour débrouillardise, explique Annie. L'*Astérie* va sûrement revenir dans les parages quand l'équipage va constater notre disparition. Il faut trouver un moyen d'attirer l'attention.

— Bonne idée, approuve Francis. Accrochons un de nos gilets de sauvetage à la rame que tu as trouvée Marika, et plantons-la dans le sable de la plage. Il se verra de loin.

D'exécuter cette petite tâche tous ensemble nous fait comprendre la nécessité de travailler en équipe et nous donne un regain d'énergie dont nous avons bien besoin.

— Nous avons aperçu une barque quand nous étions sur l'autre île, nous rappelle Hernan. D'après moi, c'est de ce côté.

— Tu as raison, dis-je. Essayons de savoir à qui elle appartient. Nous trouverons peut-être quelqu'un pour nous aider, sinon nous reviendrons attendre ici.

Nous suivons Hernan.

— Je meurs de faim, se plaint Annie. Nous n'avons rien mangé depuis ce matin à part quelques biscuits. Il est sûrement passé midi.

— Je sais, moi aussi j'ai le ventre qui gargouille toutes les cinq minutes, bougonne Francis, et sur cette île il n'y a que de la roche. Sur l'autre, il y avait des manguiers. Avoir su…

— Moi, je sais capturer des couleuvres si tu veux les faire cuire, offre Hernan à Francis d'un air malicieux.

— Ouach ! réplique Annie.

Le sentier rétrécit peu à peu et se transforme en un passage sombre dont les parois sentent le moisi. Des lianes s'accrochent ici et là le long des pierres, créant une impression d'emprisonnement.

— Dégueulasse, marmonne Annie. Tout ce que nous risquons de trouver ici, ce sont des araignées.

Soudain, le chemin s'élargit et nous débouchons sur une galerie de bonnes dimensions. Nous pénétrons à l'intérieur de celle-ci et aboutissons dans ce qui semble être une pièce secrète. Notre surprise est totale.

— Hé, regardez ! C'est l'insigne des pirates, remarque Hernan.

En effet, une tête de squelette surmontant des os en croix est gravée sur une pierre, près de l'entrée.

— C'est la preuve qu'ils sont déjà venus ici, dis-je.

Des lambeaux de tissu, une table à laquelle il manque une patte, quelques bouts de bois ayant probablement constitué des sièges, un fanal aux vitres brisées et le reste d'un cordage de bateau traînent pêle-mêle sur le sol. Au mur, des crochets fixés dans la pierre supportent encore les vestiges de flambeaux dont le premier tombe en poussière dès que Francis y touche.

— Super ! dis-je. Imaginez-vous que c'est un repaire de pirates et que nous sommes il y a quelques centaines d'années.

— Oui, enchaîne Francis, je les vois tous réunis ici en train de se partager leur butin…

— Et de décider du sort de leurs prisonniers, continue Hernan en simulant une pendaison avec le bout de cordage ramassé par terre.

— Ah, Hernan ! s'indigne Annie, quelles idées barbares tu as.

Un dessin sur une des pierres représente une chouette perchée sur le mât d'un navire. Mon imagination s'emballe :

— Loïc a dit qu'on surnommait Jean Lescarpe « la Chouette ». Dites, il s'agit peut-être de son repaire?

Dans un coin, Francis découvre une trappe. À l'aide d'un bâton, nous parvenons à la soulever, dégageant une ouverture dans le plancher. Hernan dirige le faisceau lumineux de la seule lampe de poche qui nous reste à l'intérieur du trou et y penche la tête.

— Vois-tu quelque chose ? demande Annie.

— Une vieille pelle au manche brisé, répond-il. Je suppose qu'elle a servi à creuser cette cachette. Éclaire-moi, lance-t-il en lui tendant la lampe, je vais descendre.

— Je viens avec toi, s'empresse de dire Francis, ne voulant pas être en reste aux yeux d'Annie.

Nous entendons le murmure de leurs voix sans comprendre leurs paroles.

— Le trésor ! Nous avons trouvé un trésor ! s'écrie soudain Francis. Les filles, venez voir !

L'excitation nous fait oublier notre appréhension à l'idée de descendre dans ce trou noir.

Sous un amoncellement de branchages, une cavité a été creusée dans la terre. Nous en retirons cinq poteries de formes diverses : un soleil, une lune et trois étoiles, toutes peintes de couleurs vives, ainsi qu'un coffret en métal cadenassé.

— Il faudrait des outils pour l'ouvrir, constate Hernan.

— Jean Lescarpe devait être dépensier si c'est tout ce qu'il a caché, soupire Annie.

— Dépensier ou artiste, ajoute Francis, déçu.

— Le poème disait « Frappe la terre ». Je présume qu'il faut creuser.

— Je veux bien, Marika, réplique-t-il, mais où et jusqu'où? Ce n'est pas évident.

— Chut! écoutez! ordonne Annie. Un bruit de moteur.

Immobiles, nous tendons l'oreille. En effet, il semble bien qu'un bateau approche.

— Dépêchons-nous de sortir d'ici, dit Hernan. Ce sont probablement les secours qui arrivent.

Sabotage et manigances

9

Avec précaution, nous remontons nos trouvailles dans la galerie et aménageons un coin pour les dissimuler avec l'intention de revenir les chercher plus tard. Puis nous nous dirigeons rapidement en direction du bruit. Nous apercevons une barque à moteur amarrée dans une crique. C'est probablement celle que nous avions vue plus tôt.

— C'est curieux, le son vient d'ici, mais il n'y a pas d'autre bateau, remarque Annie.

Nous avançons, toujours guidés par le bruit et aboutissons dans une calanque. Un homme barbu de forte stature, cigarette à la bouche, est assis et semble attendre quelqu'un. Le ronronnement s'intensifie et des bouillons se forment à la surface de l'eau.

— Hé, mais c'est le *Cachalot*! s'exclame Hernan.

— En es-tu sûr?

— Oui, j'ai déjà embarqué à bord plusieurs fois.

Le sous-marin remonte à la surface et glisse sur une plate-forme rudimentaire qui lui permet de s'immobiliser. Sa forme rappelle celle d'une baleine miniature. Bleu pâle avec des stries blanches sur les côtés, il a un nez surmonté d'une large baie vitrée. Sa queue légèrement relevée est munie d'une petite hélice qui lui sert de propulseur. Sur le dessus, je remarque une série de feux bleus et rouges. Je comprends. C'est ce que nous avons aperçu l'autre nuit, tout comme le vieux Fernando. Nick aurait donc menti au sujet du *Cachalot*, ou bien le réparateur... Pourquoi?

L'homme en habit de plongée qui descend du sous-marin s'avance à la rencontre du premier individu. Avec sa cagoule, il est bien difficile de voir de qui il s'agit.

Accroupis derrière des rochers, nous espionnons les inconnus qui discutent. Chose certaine, ils ne sont pas ici pour nous secourir. Les deux gaillards ouvrent une porte coulissante sur le côté du sous-marin et déchargent quatre caisses en bois surmontées d'un anneau de métal qu'ils transportent une à une vers le fond de la calanque.

Toujours à l'abri des nombreux rochers, nous nous approchons à pas feutrés afin de voir ce qu'ils trament. Plusieurs autres caisses identiques aux premières sont empilées le long d'une paroi rocheuse et quelques bouées orange pendent à des crochets insérés dans la pierre. N'est-ce pas ce que Miguel avait vu ?

— Je veux savoir ce que ces boîtes contiennent, dis-je tout bas.

Profitant d'un moment où les deux hommes retournent vers le *Cachalot*, Hernan et moi nous glissons derrière les caisses. À l'aide d'une barre à clous appuyée dans un coin, nous parvenons à en ouvrir une.

— Ça y est, chuchote Hernan en soulevant une planche. Elle est rempli de statuettes de Chac Mol, le dieu de la pluie. Qu'est-ce qu'elles faisaient au fond de l'océan?

— Sors-en une ou deux, nous pourrons les examiner.

J'échappe une des trois statuettes qu'Hernan me passe. Elle éclate au contact du sol, répandant une poudre blanche autour d'elle.

— Qu'est-ce que c'est?

— Je n'en suis pas sûr, répond Hernan. De la drogue, peut-être? Si ces hommes sont des trafiquants, mieux vaut ne pas traîner ici, termine-t-il en refermant la caisse avec précaution.

Nous ramassons les débris de la statuette et dispersons la poudre avec nos pieds. Nous nous baissons en entendant les contrebandiers revenir avec leur marchandise.

— Bon, tout est prêt pour la livraison de cette nuit, déclare l'un d'eux. Il était temps, car nous ne pourrons pas retarder indéfiniment l'*Astérie*. Notre bateau sera là à minuit pile. Il ne nous reste plus qu'à attendre.

— Parfait, conclut son complice. J'ai apporté de quoi casser la croûte. Viens, allons manger près du sous-marin.

Avec soulagement, nous voyons les hommes s'éloigner de nouveau. Nous nous empressons de rejoindre nos deux amis et de leur faire part de notre découverte ainsi que de la conversation que nous venons de surprendre. Assis par terre, à l'abri, nous discutons. Quelqu'un tente de retarder la mission de l'*Astérie*, mais qui ? Serait-ce Miguel, qui fréquente monsieur Fullero en cachette ? Ou Nick, qui se balade la nuit alors qu'il prétend être au lit ? Peut-il s'agir de l'inconnu de l'avion qui a payé Hernan pour avoir le code de la marina ? Et cette poudre, si c'est bien de la drogue, à qui appartient-elle ? Tout en parlant, je constate qu'Annie ne semble pas bien. Mon amie frissonne et a le regard vague.

— Ça ne va pas, Annie? dis-je en lui touchant la joue. Tu es bouillante.

— Et ppourtant, j'ai ttrrès ffroid, gémit-elle en grelottant.

— Elle a de la fièvre, conclut Francis en lui passant un bras autour des épaules pour la réchauffer.

Hernan se penche et examine une des jambes d'Annie.

— Aoutch! fait-elle, ça fait mal.

Une plaque très rouge avec le centre légèrement boursouflé couvre son mollet.

— Je vois. Pauvre Annie, tu as probablement frôlé une méduse, explique-t-il. Certaines espèces causent ce genre de brûlure. C'est très douloureux, mais pas mortel.

— Il ne nous manquait plus que ça, dis-je. Francis et Hernan, vous devez aller chercher du secours. Moi, je vais attendre ici avec Annie.

Pour une fois, les deux garçons semblent d'accord et prêts à coopérer. Nous élaborons un plan. Notre seule chance est d'emprunter la barque des bandits avant la tombée de la nuit. Comme Annie peut à peine marcher, elle restera cachée. Moi, je vais faire le guet et me tenir prête à provoquer une diversion si jamais ça tourne mal afin de permettre aux garçons de s'éloigner au plus vite.

Rendez-vous de minuit

10

Annie n'est pas très brave à l'idée de rester toute seule, mais nous n'avons pas le choix. Le temps presse et nous mettons notre plan à exécution.

Je m'éloigne et m'installe sur un rocher. De mon perchoir, je peux apercevoir l'intérieur de la calanque ainsi que la barque. Francis s'y glisse en douce. Hernan détache l'amarre puis, dans l'eau jusqu'aux cuisses, pousse l'embarcation avant d'y monter à son tour. Nos deux amis rament d'abord de toutes leurs forces vers le large sur une mer redevenue calme et, une fois assez loin de la rive, ils mettent le moteur en marche. Tout fonctionne jusqu'à présent. Enfin, nous avons un peu de chance !

Je rebrousse chemin afin de rejoindre Annie. Elle s'est assoupie. Tant mieux, elle ira peut-être mieux à son réveil. Je suis crevée, j'ai faim et toutes mes égratignures me font souffrir. Comme j'avais enlevé ma montre pour bronzer sans marques, je n'ai aucune idée de l'heure. Le jour décline et la noirceur nous enveloppe peu à peu. Des éclats de voix me font sursauter.

— Annie, réveille-toi, dis-je en secouant mon amie. Les trafiquants s'amènent par ici. Je crois qu'ils viennent de constater la disparition de leur embarcation. Vite, éloignons-nous avant qu'ils nous trouvent, dis-je en prenant la fuite.

— Marika, attends, je ne peux pas courir.

Zut ! J'avais oublié sa jambe. Mon cœur s'arrête de battre une seconde en entendant crier mon amie. Je m'accroupis derrière une grosse roche et j'assiste, impuissante, à la scène.

— Lâche-moi, espèce de brute ! rugit Annie en se débattant contre l'homme qui la retient.

— Qu'est-ce qui se passe ? demande le plongeur venu rejoindre son ami.

Il a enlevé sa cagoule.

— Nick ! s'étonne Annie.

— Annie ! Mais qu'est-ce que tu fais ici ? Ce n'est pas vrai ! s'exclame Nick, enragé. Tu vas tout faire rater.

— Tu es un trafiquant de drogue, l'accuse Annie. Où est mon père ? Il était avec toi, je veux le voir.

— Ton père va bien, mais il n'est pas ici. Deux garde-côtes grassement payés vont le garder au poste de police jusqu'à demain.

Annie se débat de nouveau.

— Calme-toi, nous ne te ferons pas de mal, reprend Nick.

Il fait signe à l'homme de la libérer et de retourner vers leur cachette.

— Tu n'es sûrement pas venue ici toute seule. Où sont les autres ? demande-t-il.

— Partis chercher de l'aide, rétorque-t-elle, frondeuse. Ils ne tarderont pas à revenir à bord de l'*Astérie*.

— Ne te fais pas trop d'illusions, l'équipage a été sommé de retourner à Isla del Sol tôt ce matin.

— Pourquoi toutes ces manigances? Je croyais que tu étais un des meilleurs amis de mon père.

— J'aime bien Philippe et tout ça n'a rien à voir avec notre amitié. Je me suis mis dans le pétrin en jouant au casino il y a quelques mois. J'ai accumulé de grosses dettes envers certaines personnes. Pour m'en sortir, je n'ai pas d'autre choix que de me plier à leurs exigences en participant à cette opération. À l'aide du *Cachalot*, je dois récupérer les caisses contenant la drogue au fond de l'eau. J'ai fait tout ce que j'ai pu pour éloigner l'*Astérie*, car une grosse livraison doit avoir lieu ce soir. Il y a des millions de dollars en jeu. Ces gens sont dangereux et ne plaisantent pas, crois-moi. Maintenant, tu vas me suivre et rester tranquille. Je vais tâcher de te mettre à l'écart et de convaincre les autres que tu n'es pas une menace. Nous verrons ce que nous ferons avec toi plus tard.

Annie suit Nick en clopinant. Elle tourne un instant la tête, me cherchant des yeux, mais je reste cachée. Il faut que je trouve une idée pour la tirer de là. «Réfléchis Marika, réfléchis», me dis-je. Je ne peux quand même pas attaquer ces hommes à moi toute seule… Créer une diversion est toujours possible, mais ils auraient tôt fait de nous retrouver… Ah! Pourvu que Francis et Hernan réussissent à trouver de l'aide.

À plat ventre sur un rocher, je me mets à scruter l'horizon dans l'espoir de voir les secours arriver. La lune qui brille me permet d'apercevoir un canot pneumatique accosté au bout de la plage où nous étions ce matin. Y aurait-il quelqu'un d'autre sur l'île? Je me redresse quand tout à coup, une main se pose sur ma bouche. Je me débats du mieux que je peux, mais je n'ai pas la moindre chance contre la force de l'homme qui me retient.

— N'aie pas peur, je veux juste t'aider, me chuchote-t-il à l'oreille.

Je tourne la tête vers mon agresseur.

— Vous! dis-je en reconnaissant l'inconnu de l'avion. Mais qui êtes-vous donc?

— Émile Rochon, chroniqueur au journal *La Manchette*. Tiens, voici la preuve, déclare-t-il en me tendant sa carte de presse qu'il éclaire avec sa lampe de poche.

— Que faites-vous ici?

— J'étais à bord du yacht de monsieur Fullero, raconte-t-il, quand nous avons aperçu un canot à moteur venant vers nous. C'étaient Francis et Hernan qui cherchaient du secours. Nous avons immédiatement communiqué avec l'*Astérie* où tous les membres de l'équipage étaient en état de panique depuis qu'ils avaient constaté votre disparition. Ils ont rapidement avisé la police.

— Comment êtes-vous arrivé ici?

— Le yacht de monsieur Fullero est ancré juste derrière l'autre île. De là, je suis venu en canot pneumatique. Heureusement, la mer est calme ce soir.

À ce moment, une lumière à laquelle répondent les trafiquants dans la calanque attire notre attention. Un bateau approche, lumières éteintes. Ça y est, c'est l'heure du fameux rendez-vous.

— Je t'expliquerai la suite plus tard, reprend Émile, car le temps presse. Il va bientôt y avoir beaucoup d'action sur l'île. Où est ta copine Annie?

— Elle est prisonnière dans la calanque, derrière cet amas de rochers.

— Prisonnière! Ça se complique. Viens, allons voir ce que nous pouvons faire, murmure le journaliste en me tendant la main.

Nous nous approchons discrètement de la calanque. Les trafiquants s'activent à ranger toutes les caisses de bois près de l'eau. Annie, assise par terre à l'écart, observe leur manège.

— Les voilà, lance Nick.

Un chaland vient d'accoster. Six hommes en débarquent et commencent le chargement. Tout à leur affaire, les trafiquants ne remarquent pas que des silhouettes apparaissent çà et là et prennent place entre les rochers. Émile me fait signe de ne pas bouger tandis qu'il s'empresse de prendre plusieurs clichés des trafiquants à l'aide d'un mince appareil photo qu'il porte à son bras comme une montre. Soudain, un coup de sifflet se fait entendre et des lumières jaillissent un peu partout. Des policiers, arme au poing, envahissent la place. Après un moment de surprise, les malfaiteurs ripostent. Des coups de feu éclatent de tous côtés et le son se répercutant entre les rochers provoque un tintamarre épouvantable. Au même moment, des bateaux de la garde côtière cernent la calanque. Les trafiquants qui tentent de s'enfuir sont vite désarmés et menottés.

Philippe, venu en compagnie des policiers, s'élance vers sa fille qu'il vient d'apercevoir. Dans un geste désespéré, un des bandits s'empare d'Annie et pointe son arme vers Philippe.

— Papa, attention ! crie Annie.

Le coup de feu part. Au même moment, Nick se jette devant Philippe.

— Noon !

Philippe tombe sur le sol sous la poussée de Nick. Ce dernier s'écroule, une balle dans l'abdomen. D'autres coups de feu éclatent et les policiers neutralisent enfin tous les trafiquants.

Philippe se relève, un peu sonné, puis se précipite vers Nick ensanglanté, étendu par terre.

— Tiens bon, mon vieux, dit-il en déchirant sa chemise pour lui faire un garrot temporaire en attendant les secours.

— Je suis… désolé… articule péniblement Nick. Je ne voulais pas… que ça se passe comme ça…

Philippe, visiblement ébranlé, prend la main de Nick et la serre très fort dans la sienne. Quelques minutes plus tard, le blessé, étendu sur une civière, est hissé sur un bateau de la garde côtière. Annie se blottit dans les bras de son père, heureuse de le retrouver enfin. Je m'approche à mon tour.

— Marika ! s'écrie ma meilleure amie en me sautant au cou, si tu savais comme j'ai eu peur de ne plus te revoir.

— Quelle frousse vous m'avez donnée, les enfants, quand j'ai su dans quel pétrin vous vous étiez mis, avoue Philippe.

Demeuré à l'écart, le journaliste s'avance vers nous.

— L'inconnu de l'avion ! s'exclame Annie, étonnée.

— Je vous présente Émile Rochon, dis-je en relatant brièvement notre rencontre.

— Enchanté, fait celui-ci en donnant la main à Philippe. Francis et Hernan vous attendent à bord du bateau de monsieur Fullero. Ce dernier a promis de tous nous ramener à la marina.

Avant de quitter l'île, nous mention-nons discrètement à Philippe les trésors que nous avons découverts et que nous aimerions revenir chercher le lendemain avec l'*Astérie*.

Monsieur Fullero nous accueille chaleureusement. Nous retrouvons avec plaisir les garçons qui, très fiers d'avoir réussi leur mission, sont maintenant en voie de devenir les meilleurs amis du monde. Malgré l'heure tardive, on nous sert une généreuse collation et un matelot applique un onguent sur la blessure d'Annie, qui va déjà beaucoup mieux.

— Je croyais être venu au Mexique pour me la couler douce, raconte Émile, quand je vous ai entendus parler dans l'avion. Annie a piqué ma curiosité en mentionnant les recherches de son père ainsi qu'une découverte importante, mais secrète. J'espérais tenir une nouvelle extraordinaire qui me vaudrait un scoop pour le journal. Je vous ai suivis après avoir discrètement collé un émetteur miniature sur l'un de vos sacs à l'aéroport. Je pouvais ainsi toujours savoir à quel endroit vous vous trouviez.

— Pourquoi avoir payé Hernan au port ?

— Toi, tu vas faire ton chemin en affaires, dit-il à Hernan. J'avais besoin de la combinaison pour entrer à la marina et j'ai dû monter mon prix plusieurs fois avant qu'il accepte de me la donner, ajoute-t-il en riant. De l'intérieur, je pouvais observer de près les activités à bord de l'*Astérie*, mais je devais aussi trouver un bateau pour vous suivre. J'ai rencontré par hasard monsieur Fullero et nous avons rapidement fraternisé. Il m'a invité à manger à bord de son yacht. C'est à ce moment qu'il m'a confié ce qu'il savait au sujet des recherches de l'équipage de l'*Astérie* et ce qu'il espérait en tirer. Nous avons donc décidé de faire équipe et de nous tenir près de l'action. Lui, pour la figure de proue et moi, pour des photos et un scoop pour mon journal.

— Vous voyez, *Filipe*, conclut monsieur Fullero, je ne suis pas un mauvais garçon, je ne suis qu'un honnête collectionneur...

11

Le trésor de Jean Lescarpe

De retour à la marina, nous vivons de joyeuses retrouvailles à bord de l'*Astérie* autour d'un bon déjeuner.

— Ta mère va m'étriper, Annie, quand elle apprendra les risques que tu as courus, déclare Philippe.

— C'est seulement une fois de retour à Isla del Sol que nous avons constaté votre absence, intervient Hélène. J'étais complètement affolée. Cependant, quand Loïc m'a dit qu'il manquait un Zodiac et qu'Hernan était avec vous, cela m'a rassurée, car je sais qu'il est bon capitaine, ajoute-t-elle en posant un regard affectueux sur son fils. Nous avons supposé que vous étiez partis sur une des îles, mais quand le temps s'est gâté, nous étions de plus en plus inquiets et avons signalé votre absence à la garde côtière. Il faut admettre que vous avez été très braves.

Le sergent Cortes de la brigade des stupéfiants, qui a tenu à venir nous féliciter personnellement, s'est joint à nous. Nous obtenons enfin les réponses à toutes nos questions.

— Sans votre escapade, affirme le sergent, les trafiquants s'en seraient probablement tirés. Les bandits formaient une grosse organisation dans laquelle beaucoup de gens étaient impliqués, nous explique-t-il. La drogue en provenance de la Colombie entrait au Mexique cachée dans les statuettes prétendument destinées à des boutiques de souvenirs. Une fois les douanes passées, les caisses spécialement marquées étaient larguées à différents endroits stratégiques autour des îles. Des bouées orange signalaient leur emplacement, puis on se servait du *Cachalot* pour les récupérer et les transporter jusqu'à l'île où se préparait le rendez-vous.

— Nick croyait naïvement qu'après cette livraison, tout reprendrait son cours normal et qu'il aurait réglé sa dette envers les malfaiteurs, enchaîne Philippe. Il a saboté le *Cachalot* pour pouvoir l'utiliser tout en prétendant qu'il était en réparation. Il a même sectionné le tube d'air de Miguel, qui s'apprêtait à découvrir toute l'affaire, en laissant croire qu'il lui avait sauvé la vie. Connaissant quelques garde-côtes peu scrupuleux, il les a payés pour qu'ils viennent nous chercher. S'il retardait l'*Astérie*, il laissait la voie libre aux trafiquants pour terminer leur chargement comme prévu.

— Je comprends maintenant pourquoi Nick avait reconnu le bateau des garde-côtes sans utiliser ses jumelles, dis-je.

— Il a si bien joué la comédie que je ne me suis pas rendu compte de son manège, ajoute Philippe. Lorsque les garde-côtes nous ont amenés à leur poste de surveillance, ils m'ont séparé de Nick. J'ai vécu un véritable cauchemar. J'essayais de convaincre les officiers de nous laisser regagner l'*Astérie*, mais en vain. Ils m'ont laissé poireauter une journée et demie dans un bureau minuscule. Le lendemain de l'arrestation, quand le sergent Cortes est venu m'apprendre que Nick n'avait jamais été retenu et qu'il était mêlé à toute cette histoire…

— Oui, interrompt le sergent, nous enquêtions déjà sur quelques garde-côtes soupçonnés d'encourager un trafic de drogue dans le port. Le coup de téléphone de madame Hélène est venu confirmer tout cela.

— Quand on m'a prévenu que vous étiez en danger, les enfants, reprend Philippe, j'ai tout de suite demandé la permission de participer à l'opération policière qui s'organisait afin de retrouver Annie et Marika. Si seulement Nick m'avait fait part de ses problèmes, nous n'en serions pas là, finit-il, visiblement ému.

— Une question me chicote encore, dis-je en m'adressant à Miguel. Nous t'avons vu aller sur le bateau de monsieur Fullero. Est-ce toi qui l'as renseigné au sujet des recherches ?

Miguel semble embarrassé, mais avoue tout de même:

— J'ai rencontré monsieur Fullero au village et il m'a invité à prendre un verre. Il m'a parlé de sa collection personnelle et l'alcool aidant, je lui ai confié des choses que je n'aurais pas dû dire. L'autre jour, quand j'ai entendu les propositions qu'il est venu faire à Philippe, j'ai compris mon erreur et je n'avais aucune envie de me mettre mes coéquipiers à dos. Alors, quand vous m'avez aperçu, j'étais simplement allé lui demander de ne pas dire que c'était moi qui l'avais renseigné.

Au début de l'après-midi, l'*Astérie* reprend la mer en direction des îles. Tout l'équipage, curieux de voir le repaire du pirate, s'est joint à nous pour aller récupérer nos trouvailles. Tout le monde est très impressionné et a aussi hâte que nous de connaître le contenu du petit coffre.

De retour à bord, nous nous ruons vers le laboratoire, car c'est le moment d'ouvrir le trésor.

Muni de tenailles, Carlos coupe le cadenas rouillé.

— À toi l'honneur, me dit-il.

Nous retenons notre souffle. Je lève délicatement le couvercle. Le coffre est rempli de vieilles pièces de monnaie.

— Wow! s'exclame Annie.

— Quelle découverte, les enfants! s'écrie Loïc. Malheureusement, les anciens écus n'ont plus de valeur réelle aujourd'hui, mais pour le patrimoine mexicain, c'est tout un trésor.

Le lendemain, c'est Pâques et tout l'équipage est de la fête. Nous aidons à décorer le bateau.

— Tantôt, annonce Hélène en accrochant au plafond une *piñata* très colorée en forme d'âne, il faudra bander nos yeux et chacun, à tour de rôle, viendra la frapper avec un bâton pour réussir à la briser afin de récupérer les bonbons et les surprises qu'elle contient. De nos jours, on en trouve de toutes sortes en papier mâché. Autrefois, elles étaient en terre cuite comme celle-ci, explique-t-elle en désignant le soleil trouvé sur l'île qu'Annie a eu la permission très spéciale d'accrocher en guise de décoration, les autres pièces étant restées au labo.

Je lève les yeux en même temps que Francis vers la magnifique poterie aux teintes multicolores qui se balance au-dessus de la table. D'un coup, tout s'éclaire dans ma tête.

— Bien sûr! s'écrie Francis qui a compris lui aussi.

Sans hésiter, il agrippe un bâton appuyé au mur et frappe de toutes ses forces sur la *piñata* en terre cuite.

— Francis! Que fais-tu là? s'écrie Hélène en levant les bras au ciel.

Trop tard. Le soleil éclate, laissant échapper son contenu. Un étui en cuir enroulé dans un tissu noir tombe sur le sol.

— Bravo! s'exclame Hernan. Comment as-tu deviné?

Je récite le poème:

— « *Que par soleil mon thrésor caché, Coigne la terre si veux trouver.* » Il fallait briser le soleil en terre cuite pour trouver le trésor, tout simplement.

— C'est super! s'écrie Annie en sautant au cou de Francis.

— Il s'agissait d'y penser, bafouille mon ami, rouge comme un poivron.

— Est-ce que quelqu'un peut m'expliquer ce qui se passe? demande Philippe.

Sans prendre le temps de lui répondre, nous nous empressons d'examiner ce nouveau trésor. Le tissu noir n'est rien d'autre qu'un petit drapeau de pirate. L'étui contient un anneau d'or serti de pierres précieuses, enfilé autour d'un papier roulé.

— C'est la bague que Jean Lescarpe avait offerte à son amoureuse, conclus-je.

— Que dit le message? s'impatiente Annie.

— « *Mon cœur t'appartiendra toujours,* Jean ».

— C'est tellement romantique ! s'exclame-t-elle.

— Et cette fois, ça vaut vraiment une fortune ! ajoute Hernan.

Les jours qui suivent, Annie, Francis et moi profitons du reste de nos vacances en vrais touristes. Hernan, qu'Annie appelle maintenant son demi-frère, passe la majeure partie de son temps avec nous. Roberto nous initie à la plongée sous-marine et nous participons avec beaucoup d'intérêt aux fouilles de l'*Astérie* qui poursuit sa « Mission *Cachalot* ». L'ancre repêchée est bien celle du *Santa Clara* et, depuis deux jours, l'équipage s'affaire à dégager une pièce importante sur laquelle les lettres « FLI » sont encore visibles… Que d'émotions en perspective !

Table des matières

9-11 ANS